MÁS ALLÁ DE LA CANCHA

Frank Pumet

Tabla de Contenido

Héctor y Lorena

Héctor y Lorena se conocieron en el instituto, como tantas y tantas otras personas por todo el mundo. ¿Quién no ha tenido un amor infantil o adolescente con algún compañero o compañera de clase? Se dice además muy a menudo que aquellos amores, que con frecuencia son los primeros, nunca se olvidan.

Lorena y Héctor habían sido simples compañeros de clase que se habían cruzado alguna mirada de vez en cuando. Él era castaño, atlético y bastante alto. Ella era rubia, de espectaculares ojos azules y más bajita que él, lo que, en realidad, le pasaba a Héctor con todas las chicas de la clase.

Es habitual que la gente guapa se atraiga entre sí, pero lo de Héctor y Lorena no había pasado de simples miradas... hasta el día en el que ambos coincidieron a solas en el vestuario.

Había sido un día cualquiera, uno de los muchos en los que el profesor que les daba Educación Física les había obligado a ponerse aquellos cortos uniformes para, como decía él, «que la ropa no les molestara y que pudieran hacer deporte con comodidad».

A ninguno de los estudiantes les hacía gracia aquello, puesto que, en vez de ir desde casa con un chándal y ya está, como el profesor quería camisetas y pantalones cortos, necesitaban llevarlos desde casa en una bolsa aparte para cambiarse antes y después de la clase.

Igualmente, aunque el instituto tenía un pequeño gimnasio, normalmente eran los más pequeños los que daban allí sus clases, de manera que los mayores tenían que ir a un pabellón polideportivo que estaba al lado.

Aquella mañana, Héctor se había quedado el último, recogiendo el material. Era muy típico que el profesor quisiera cargar con pelotas, aros, conos y demás utensilios y que, al no poder llevarlo él todo, les pidiera a varios de sus alumnos que llevaran los sacos del material. A la hora de recoger y de volver al instituto, sucedía lo mismo.

Esa vez le tocó a Héctor. Todos se iban turnando en esa labor, de manera que todos tenían claro que algún día les iba a tocar y, de hecho, la mayoría prefería que los eligieran porque eso les permitía alargar su estancia en el polideportivo y atrasar su llegada a la siguiente clase con la excusa de «el profesor de Educación Física me ha pedido que le ayude a recoger».

Normalmente el profesor se quedaba con esa persona mientras los otros volvían solos al instituto porque, al fin y al cabo, ya eran mayores y durante los recreos salían del recinto sin ningún problema para ir a comprarse el almuerzo a las tiendas de los alrededores o para sentarse en los bancos de los parques. Aquella mañana, sin embargo, el profesor le comentó a Héctor que tenía una reunión con sus compañeros y que, por ese motivo, no podía quedarse con él.

Héctor le dijo que no se preocupara, que cuando hubiera recogido todo se ducharía, se cambiaría de ropa y acudiría al instituto, dejando el material en el gimnasio. Así fue como se quedó solo, metiendo hasta la última pelota, colchoneta y cono en el saco del material.

Cuando llegó al vestuario, estaba solo. Todos sus compañeros ya se habían marchado, pero era lo que esperaba. Sudaba como nunca puesto que, además de lo que había tenido que correr en clase y de las interminables series de abdominales y de sentadillas, se había pegado una enorme paliza recogiéndolo todo.

Se quitó la camiseta y, nada más hacerlo, es cuando vio a Lorena.

—¡¿Qué haces aquí?!

El sobresalto fue doble: primero, porque no se esperaba que fuera a haber nadie allí y mucho menos una chica; segundo, porque ella no parecía haberse equivocado de vestuario ni se la veía confundida ni nerviosa.

—¿Te molesta que esté aquí? Si quieres me marcho —respondió ella, segura de lo que estaba haciendo.

Héctor se quedó como una estatua. No intentó disimular lo que se hizo evidente. Hacía mucho tiempo que Lorena le atraía, ambos sabían que era cuestión de tiempo y que, si ninguno de los dos se lanzaba en el último curso, perderían la ocasión para siempre. No le dio tiempo a pensar en nada más. Lorena se acercó y, sin mediar una sola palabra, se puso de puntillas, cerró los brazos sobre su cuello y lo besó con pasión.

La noticia del periódico

Diez años después, la vida de Héctor y Lorena se había vuelto muy diferente a como ambos la vivieron en aquel último curso del instituto. Cada uno llevó su propio camino y, como tantas veces suele suceder, perdieron el contacto. Héctor estudió Empresariales. No le costó sacarse la carrera, ya que siempre se le habían dado muy bien los números. Después llegó el máster, un par de años en el extranjero para aprender bien idiomas y para ir estrechando contactos con unos y con otros y, tras todo esto, empezó a trabajar en la sucursal de uno de los bancos más importantes de la ciudad.

Héctor era muy bueno en lo que hacía, pero, no lo neguemos, su gran simpatía y el imponente físico que lucía como consecuencia de no haber dejado nunca de cuidarse le ayudaron también mucho a progresar, en especial, con Carmen, la directora de la sucursal, quien, nada más verlo, supo apreciar y sacar partido a lo atractivo que era.

Todo aquello duró hasta que a Carmen la trasladaron a otra oficina y fue Héctor quien asumió la dirección en solitario.

Al principio, todo aquello le pareció un nuevo reto, pero a la larga acabó provocándole cierta monotonía. No había tampoco demasiadas emociones en su nuevo puesto. El banco era importante y tenía muchos clientes, sí, pero la suya no dejaba de ser una oficina de barrio con las limitaciones que eso suponía. Vamos, que en la sucursal en la que trabajaba Héctor no se realizaban operaciones fuera de lo común ni nada que fuera a revolucionar la historia de la economía mundial.

Los fines de semana tampoco salía. Lo había hecho mucho, en especial durante la carrera. Se había divertido mucho, todo lo que había querido, pero, al igual que le había sucedido con lo de la dirección del banco, aquello había ido perdiendo su encanto. No es que no le gustara divertirse, no, pero, así como a los veintipocos nada le había parecido suficiente, a los veintimuchos se había tranquilizado bastante y, a menudo, prefería quedarse en casa tranquilo los fines de semana.

Todo eso cambió al ojear un periódico.

Se podrá pensar que fue un asesinato o algo relacionado con la política. Quizá alguna noticia de estas que enseguida está en boca de todos. Nada más lejos de la realidad. Lo que le llamó la atención no fue otra cosa más que una fotografía a todo color y a gran tamaño de Lorena. Habían pasado diez años, pero no había ninguna duda. Era ella.

Lorena, la misma rubia de ojos azules y sonrisa radiante que una vez se le había aparecido como un ángel en aquel vestuario, figuraba como la nueva entrenadora de un equipo femenino de baloncesto, sustituyendo a la anterior tras haber sido despedida por tener problemas con la directiva del club.

Lo cierto es que, aunque Héctor había hecho bastante deporte desde su adolescencia por su deseo de llevar una vida sana y, a su vez, de lucir un buen cuerpo, nunca había tenido especial interés por el baloncesto. Todo aquello cambió de repente a partir del justo instante en el que la vio a ella.

Leyó la página varias veces, cerró el periódico y lo tiró en una esquina del sofá, intentando autoconvencerse de que aquella noticia había sido una más sin mayor importancia, como quien lee un reportaje sobre cualquier otro tema.

No pudo. El recuerdo de Lorena se apoderó de él y se instaló en su mente. Los besos, los abrazos y las caricias que ambos habían mantenido desde su encuentro en el vestuario...

No, no pudo quitárselo de la cabeza y fue así como surgió la idea de acudir como espectador al partido que aquel equipo disputaría el fin de semana bajo las órdenes de su debutante entrenadora. ¿Para qué? ¿Para verlo porque de repente se hubiera vuelto un entusiasta del baloncesto o porque le interesara el equipo de un barrio que no era el suyo? No, no era ese el verdadero motivo, pero tampoco hacía falta ser Sherlock Holmes para descubrir cuál era.

El reencuentro

Llegó el momento. El sábado por la noche, el momento en el que aquel equipo femenino al que llamaremos «Oliver» se enfrentaba a un rival que todos decían que era formidable y en el que Héctor se encontró entre la multitud con un propósito que nada tenía de deportivo.

El murmullo de la gente, los gritos de los aficionados, el eco de las zapatillas deportivas sobre el suelo pulido; todo contribuía a crear una atmósfera vibrante, cargada de emoción y tensión. ¿En qué puesto estaba clasificado cada equipo de los que jugaba? ¡Qué más daba! ¿Acaso aquello importaba? Quizá a todos los que estaban allí sí, pero a Héctor desde luego que no. Él había acudido por otra razón.

No tardó en ver a Lorena dirigiendo con pasión y energía a sus jugadoras. Era más mayor, claro, como Héctor, pero, de alguna forma, ella seguía siendo la chica con la que había ido a clase diez años atrás.

Y sí, Héctor no era un entusiasta del baloncesto, pero el griterío y la pasión que había en la grada contribuyó a que disfrutara del partido mucho más de lo que hubiera podido imaginar cuando entró en aquel polideportivo.

Se dice mucho lo de «entrenador nuevo, victoria segura», por lo menos en el fútbol, algo que a Héctor le gustaba más. Lo cierto es que se cumplió y el «Oliver» ganó el partido, provocando que el estreno de Lorena en los banquillos fuera inmejorable. La euforia se apoderó de la grada, pero, tan pronto el árbitro pitó el final, Héctor volvió a centrarse en lo que le interesaba, observando cómo Lorena compartía abrazos y sonrisas con sus jugadoras.

Fue en esos momentos, aprovechando el bullicio, cuando Héctor decidió acercarse a Lorena. En los partidos de los profesionales es imposible saltar al terreno de juego sin que te hagan un placaje los de seguridad y sin que te impongan una sanción económica por hacer algo que está prohibido. En los partidos que se juegan en los barrios, sin tanta parafernalia detrás, no hay ningún problema a la hora de hacerlo porque los que allí están se consideran antes jugadores que estrellas intocables.

Es por eso por lo que Héctor no se lo pensó y, con paso decidido, se dirigió hacia ella. Ya que había ido hasta allí para reencontrarse con Lorena, ¿qué sentido tenía que se hubiera ido sin haber hablado con ella o, por lo menos, sin haberle hecho saber que había estado? Lorena, inmersa en el júbilo del momento, levantó la mirada al notar la presencia de alguien cuya presencia en la cancha le extrañó.

—¿Héctor? —aventuró, pronunciando su nombre con dudas aunque, al mismo tiempo, sabiendo que era él — Sí, eres Héctor, ¿verdad?

Héctor asintió con una sonrisa, regocijándose en la enorme sorpresa que se reflejó en los ojos de ella y que percibió.

—Así es, soy yo. Hace mucho que no nos vemos.

Los dos se abrazaron, dejándose llevar por unos sentimientos que a ambos les volvieron de golpe, a él cuando la vio en el periódico y a ella cuando lo tuvo delante.

—¿Qué haces aquí?

La pregunta era inevitable y Héctor lo sabía, por lo que no se cortó en darle una respuesta que no podía ser más sincera.

—Pues venir a verte a ti.

La extrañeza mezclada con la alegría se reflejó en sus ojos y un atisbo de curiosidad asomó en su expresión.

—¿A mí? ¿Por qué?

Una risa nerviosa escapó de los labios de Héctor al temer de repente que la reacción de ella no fuera la que él había esperado.

—Vi tu foto en el periódico —confesó— y pensé que esa sería una buena excusa para venir a ver un partido de baloncesto en directo por primera vez en mi vida.

La explosiva carcajada en la que estalló Lorena al mismo tiempo que apoyaba una mano en su pecho hizo que el miedo pasajero que le había entrado a Héctor se disipara por completo.

—¿En serio? ¿Solo por eso?

—Bueno, también quería saludarte, aprovechar para ponernos al día... Ha pasado mucho tiempo desde el instituto.

Saludarla y ponerse al día era tan solo un diez por cien de lo que a Héctor le había apetecido hacer —o más bien volver a hacer— con Lorena desde el instante en que tuvo aquel periódico entre sus manos, pero lógicamente se lo calló. No era el momento, aunque nada le apetecía más en aquel instante que besarla.

La timidez también se apoderó de Lorena, en quien se posaban todas las miradas por ser la nueva entrenadora, por haber ganado el primer partido que había dirigido y, sobre todo en aquel momento, porque no dejaba de hablar con un apuesto y musculoso chico de pelo castaño.

—Pues me alegra muchísimo que hayas venido. Aunque no te guste mucho el baloncesto, porque imagino que si te gustara no habría sido hoy tu primera vez en una cancha, siempre es agradable ver caras conocidas en la grada. ¿Te gustó el partido?

Héctor admitió que se lo había pasado muy bien, lo cual no era mentira, por lo que Lorena, con un especial brillo en los ojos, le lanzó la sugerencia.

—Si te ha gustado, ¿por qué no te animas a venir más veces? Todas las que quieras. Incluso a los entrenamientos si te apetece.

Ahí fue Héctor quien sintió la sorpresa. Había sido fácil suponer que le dijera lo de que acudiera a ver más partidos, pero en ningún momento esperó que le fuera a hablar también de los entrenamientos.

—Pues no sé, pero yo creo que sí que me voy a apuntar a lo de ver los entrenamientos —respondió, sonriendo y guiñándole un ojo—. Creo que estará muy bien y así aprendo un poco sobre baloncesto.

La respuesta provocó que esta vez fuera Lorena a la que se le dibujara una enorme sonrisa, si bien ese fue el momento en el que una de las jugadoras se acercó a ella y le tiró del brazo para llevarla con el resto.

—¡Qué alegría volver a verte, Héctor! Espero pues que cumplas lo que has dicho y que vengas a los entrenamientos, ¿vale?

Él le devolvió la sonrisa.

—Ten muy claro que estaré allí.

Con un gesto de complicidad, Lorena se alejó, acompañando a la jugadora que la requería y echándose ambas a reír conforme se alejaban. La euforia se apoderó de Héctor, muy satisfecho con la forma en la que habían salido las cosas.

Se marchó de allí y volvió a casa. Al llegar, el periódico arrugado en la esquina del sofá llamó su atención y se quedó pensando en cómo te puede cambiar la vida en un instante, algo que no dejaba de ser un tópico pero que a su vez era verdad. Si no lo hubiera abierto, posiblemente nunca habría sabido nada de Lorena y su vida habría seguido, pero lejos de ella.

Aquel encuentro buscado y que había salido tan bien no podía quedar en nada. Fuera en partidos, en entrenamientos o donde fuera, buscaría el reencuentro con Lorena y pasar con ella la mayor cantidad de tiempo que le fuera posible.

Tenía muy claro que eso era lo que quería y sabía que ella había sentido lo mismo. Todo sería rápido, fácil y sencillo... o eso era lo que pensaba hasta que el nuevo reencuentro trajo consigo el problema de Ruth.

El problema de Ruth

A la mañana siguiente, Héctor tomó una firme decisión: dejaría pasar un tiempo antes de asistir a los entrenamientos para evitar parecer demasiado ansioso. No mucho, ya que no quería perder la oportunidad, pero sí quizá una semana o así.

Al tercer día ya no se pudo resistir más y se presentó de nuevo en el polideportivo. Era por la mañana, en pleno horario laboral, pero era el director de su oficina y podía permitírselo. Bastaba con que dijera que tenía que hacer gestiones o que debía reunirse con los altos cargos para que nadie se cuestionara a dónde iba o de dónde venía.

La grada, que en el fragor del partido había vibrado con la energía de los aficionados, ahora se encontraba tranquila y ocupada únicamente por unos pocos espectadores dispersos. Entre ellos, Héctor reconoció algún que otro rostro de los de la noche del sábado, lo que le hizo suponer que pertenecían a familiares y amigos de las jugadoras que habían ido a verlas entrenar.

Se acomodó en un asiento y enseguida se dio cuenta de que Lorena se dio cuenta de su presencia, escapándosele una sonrisa. No era extraño por otra parte. Héctor era alguien que llamaba bastante la atención por su físico y estatura. No era alguien que pasara desapercibido o que pudiera esconderse con facilidad.

Pese a ese breve momento de distracción por parte de una Lorena a la que le gustó ver lo pronto que Héctor había acudido a su llamada, rápidamente se concentró en su trabajo y siguió dirigiendo el entrenamiento con la misma intensidad con la que las jugadoras habían disputado el partido, aunque sin el griterío de las gradas.

No obstante, algo había cambiado en Lorena y Héctor lo notó. Aunque sus indicaciones eran precisas y su compromiso con el trabajo evidente, la naturalidad con la que había dirigido el partido de baloncesto parecía haber dado paso a una sombra de inquietud. Podía ser simplemente celo profesional, ya que no dejaba de ser la nueva entrenadora del equipo y ganar un partido tampoco te asegura en realidad tu puesto de trabajo; sin embargo, más allá de eso, a Héctor, que al fin y al cabo la conocía más que bien, le dio la sensación de que algo le pasaba.

Cuando acabó el entrenamiento, se acercó, descendiendo unos escalones para situarse en una posición más cercana a la cancha.

—¡Has venido! —exclamó ella con una alegría mucho más apagada que la de la noche anterior.

—Te dije que lo haría. ¿Está todo bien, Lorena?

Ella asintió, pero sus ojos revelaron una vulnerabilidad que él no había visto la noche del sábado.

—Sí, sí, todo bien. Solo algunas preocupaciones; ya sabes, cosas del equipo.

A Héctor no le convenció aquella respuesta. Aunque seguía sonriendo, la preocupación se reflejaba en sus ojos y él lo sabía. Aquel último curso del instituto ambos se habían enamorado y habían llegado a conocer a la perfección los sentimientos del otro más allá de las miradas o los gestos.

—Si necesitas hablar de algo, sabes que estoy aquí y que puedes confiar en mí—se ofreció.

Suspiró, como si estuviera midiendo sus palabras.

—¿Te apetece que nos tomemos un café entonces? ¿Puedes ahora?

Héctor asintió con energía y sin dudarlo.

—¡Claro que sí! Me gusta el baloncesto —mintió en parte—, pero no es para lo único que he venido... y no me pienso marchar viéndote con esa cara, que yo sé que, aunque no me lo digas, algo te pasa. Te espero en la calle.

Salió del pabellón mientras Lorena y las jugadoras se retiraban a los vestuarios. Disfrutó de la brisa fresca de la mañana, si bien su mente se quedó inmersa en un torbellino de pensamientos a mitad de camino entre la alegría de volver a estar con ella y el malestar por lo que pudiera preocuparla.

Finalmente, Lorena salió también del polideportivo. Héctor sabía que aquel era un momento delicado y que algo le pasaba a ella, si bien no pudo evitar quedarse de piedra al ver a la diosa rubia que se acercaba hacia él y que, como había podido comprobar, todavía seguía volviéndolo igual de loco que el primer día.

Lorena le dio un beso en la mejilla y le propuso ir a una cafetería cercana en la que tomar un café tranquilo y en la que poder conversar lejos del bullicio de partidos y entrenamientos.

Así lo hicieron. El bar no estaba muy lleno y parecía acogedor. Héctor se pidió un café y Lorena una bebida isotónica. Cuando la camarera les sirvió, él se apresuró a pagar para evitar que lo hiciera ella y se fueron a un rincón, alejándose de aquellos que, estando en la barra, se habían quedado admirando a aquella pareja tan hermosa.

—¿Cómo estás, Héctor? —preguntó Lorena, mirándolo directamente a los ojos—. A lo tonto, el otro día apenas pudimos hablar.

—Muy bien. Vi tu foto en el periódico y me quedé pasmado. No me lo podía creer. ¿Entrenadora de baloncesto? No podía desperdiciar la oportunidad de volver a encontrarme contigo y la verdad es que ha sido genial verte de nuevo. Sin embargo, no sé, hoy te veo diferente a como estabas la otra noche. Dime qué es lo que te pasa.

Ella suspiró, como si la pregunta aliviara un poco la carga que llevaba encima.

—No quiero arruinar este buen momento, sobre todo después de tantos años. Volver a encontrarnos y que nuestra primera conversación, aparte de la de la noche del partido, sea para hablar de problemas... no sé... pero sí, hay algo que me preocupa —acabó reconociendo—. Es sobre el equipo...o, más bien, sobre una de las jugadoras.

Héctor sonrió ampliamente.

—¿Ves como no me engañas? ¡Sabía que algo te pasaba! Te conozco muy bien aunque hayan pasado los años, señorita.

Ella se rio, sintiéndose muy a gusto por aquella situación. Después, poniéndose seria, Lorena compartió con Héctor sus pensamientos y preocupaciones. Se trataba de Ruth, según ella «una de las mejores jugadoras del equipo, si no es la mejor» que había tenido que ser hospitalizada después de que un conductor irresponsable la hubiera atropellado el día anterior, dándose a la fuga y dejándola tirada en medio de la calle con una pierna rota.

—¡Qué hijo de puta! —exclamó Héctor sin poder evitarlo— Seguro que iba borracho o hablando por el móvil y por eso escapó. Si te llega a pasar a ti, te juro que le abro la cabeza.

No lo decía por decir. En el instituto Héctor habría matado por ella. En la actualidad, tras volverla a ver, sabía que era muy capaz de hacer lo mismo.

Ella le cogió de la mano.

—No sé, Héctor. Sé que creerás que estoy loca, pero... yo no estoy segura de que haya sido un accidente —añadió —. Ruth me contó que tuvo que esquivar el coche intencionadamente, es decir, que está segura de que no fue ningún despiste y de que el conductor sí que iba a por ella. Siente que fue un acto deliberado.

—¿Un atropello intencionado? —preguntó Héctor perplejo —¿Por qué alguien querría hacerle daño? ¿Hay algo que ella sepa, algo que haya ocurrido?

Lorena se mordió el labio, igualmente indecisa.

—No lo sé, la verdad. Ruth no me ha dado muchos detalles, pero algo no encaja. Sucedió ayer y estaba todavía muy nerviosa cuando me lo contó. No te imaginas lo mucho que me he alegrado antes cuando he visto que habías venido al entrenamiento. Necesitaba contárselo a alguien. Me ha pedido que lo investigue, pero es que yo... No sé por dónde empezar.

Siguieron cogidos de la mano y a él le salió una respuesta al más puro estilo Robin Hood, lo que por otra parte ella sabía que iba a suceder.

—¿Quieres que te ayude a investigar? —sugirió, ofreciendo su apoyo sin titubear—. No soy ningún policía pero, si hay algo que pueda hacer para ayudarte, ten muy claro que lo haré.

Lorena sonrió de oreja a oreja.

—Pero... ¿y tu trabajo? No quiero quitarte tiempo.

Héctor lo atajó por la vía rápida.

—No te preocupes por mi trabajo. Yo soy el jefe y nadie me va a echar la bronca.

No era verdad del todo, pero ya se las ingeniaría si le llamaban los de arriba.

—Héctor, yo te lo agradezco muchísimo, aunque... No sé, quizá no sea más que una tontería.

—No creo que lo sea, Lorena —aseguró, mirándola con firmeza—. Tú me dirás qué quieres hacer.

Se quedó pensando, acariciándose la barbilla.

—Quizá podríamos ir al hospital a ver qué tal está y si nos cuenta algo nuevo.

—¡Claro que sí! ¡Vamos!

La visita al hospital

Al salir de la cafetería y sin mayor pérdida de tiempo, los dos se montaron en el coche de Héctor y se dirigieron al hospital. La sensación era rara. Por un lado, ir a un hospital nunca es algo que a uno le ponga alegre; por el otro, lo pronto que ambos habían empezado a flirtear y a cogerse de la mano dejaba más que claro que todo funcionaba bien y que lo hacía incluso mucho más rápido de lo que hubieran podido imaginar.

Cuando llegaron al hospital, dejaron el coche en un aparcamiento subterráneo de pago que había cerca y cruzaron la calle para entrar en el edificio.

—¿Cómo me vas a presentar, Lorena?

—¿Cómo quieres que te presente? —le saltó ella sonriendo y guiñándole un ojo.

—No sé. A ver, lo que quiero decir es que Ruth no me conoce de nada y no creo que le apetezca ponerse a hablar de lo que le ha sucedido delante de un desconocido —aclaró Héctor.

—¡No le des tantas vueltas! Ya se me ocurrirá algo.

—¡Miedo me das! —fueron las últimas palabras de Héctor antes de montarse en el ascensor.

No tardaron en llegar a la habitación de Ruth, que descansaba en la cama, ligeramente adormilada. La habitación estaba impregnada de un aroma a desinfectante, el típico de los hospitales.

La paciente levantó la mirada al notar la presencia de los recién llegados, dibujándose una sonrisa en su rostro tan pronto reconoció a Lorena.

—¡Lorena! ¿Qué haces aquí? Me alegro de verte.

Se encontraba sola. Héctor pensó que aquello era extraño, si bien luego cayó en la cuenta de que era la hora de comer y que posiblemente su acompañante, si acaso alguien había estado con ella, se habría marchado para poder hacerlo. Al fin y al cabo, aunque tenía una pierna escayolada y en alto, no tenía nada grave que requiriera que estuviera acompañada permanentemente.

Lorena se acercó a la cama.

—Quería saber cómo te encuentras. Me quedé muy asustada ayer con este tema, la verdad.

Ruth suspiró, resignándose a lo que no podía evitar.

—Me duele, pero estoy bien visto lo visto. ¡Qué remedio más que aguantar!

Tras decir esto miró a Héctor y a la vez a su entrenadora, como preguntándole quién era él. Era posible que Ruth lo hubiera visto el día del partido y que no fuera en realidad un completo desconocido, pero ver a Lorena de nuevo con Héctor en tan poco tiempo le picó bastante la curiosidad.

Fue entonces cuando Lorena, que tenía de vez en cuando ocurrencias que volvían loco a Héctor, la lio por completo.

—Es un viejo amigo que trabaja como detective. Por eso ha venido conmigo, porque le he contado lo que te pasó y ha querido saber si puede ayudar.

Héctor tragó saliva. No le quedaba otro remedio más que seguirle la corriente, pero... ¡¿cómo demonios se le había ocurrido decir aquello?!

—Os lo agradezco mucho, la verdad —añadió Ruth.

—¿Estás sola? —le preguntó Lorena, a la que parecía haberle asaltado la misma duda que a Héctor.

—No, no... bueno, ahora sí. Ha estado Michael, mi novio, pero hace un rato que se ha ido a comer y luego volverá por la tarde —nos aclaró.

—Ruth, necesitamos saber más sobre lo que pasó —dijo Lorena con suavidad—. Nos preocupa que no haya sido un accidente.

La expresión de la chica se volvió seria, como si quisiera soltar algo.

—No estoy segura, Lorena. Es lo mismo que te conté. Fue todo muy rápido. Solo tuve tiempo de esquivar el coche. Lo único que pude ver es que era blanco. Quiero pensar que fue un accidente, pero, al mismo tiempo, te juro que venía de lejos y es imposible que no me viera cruzar. Yo lo hice por el paso de peatones. Si hubiera girado una esquina de repente, lo entendería, pero es que venía de lejos y no hizo otra cosa más que acelerar.

La frustración y la rabia se reflejaron en los ojos de Lorena. Con lo que Ruth había contado, a ella por segunda vez, estaba más que claro que podía descartarse la teoría del accidente.

—¿Pudiste ver algo sobre el conductor? ¿Era hombre o mujer? ¿Cómo vestía? —intervino Héctor, a quien, gracias a Lorena, le había tocado meterse en la piel de un detective.

La chica negó con la cabeza.

—Nada, imposible. Cuando empecé a cruzar, el coche venía a lo lejos. No pensé que no fuera a parar.

—Debería haberlo hecho —afirmó Lorena, indignada—. Su obligación era parar. ¡Cualquier coche debe parar cuando un peatón está cruzando por un paso de cebra!

—Cuando lo tuve cerca —siguió relatando Ruth— fue cuando me volví hacia él. Me di cuenta de que no iba a parar y fue cuando intenté esquivarlo. No pude. Me golpeó en la pierna y ya veis cómo estoy. ¡Qué dolor más horrible! No, no me dio tiempo a fijarme en el conductor. Solo pude mirar el capó y ver cómo se me echaba encima. Luego, desde el suelo, solo pude ver cómo aceleraba para alejarse de allí a la velocidad de un loco. Intenté ver la matrícula, pero no me alcanzó la vista y, además, solo era capaz de pensar en el inmenso dolor de mi pierna.

Héctor fue a hablar, pero se le adelantó Lorena.

—¡Menudo asqueroso! Estate tranquila porque te aseguro que Héctor y yo vamos a descubrir quién ha sido y, sobre todo, por qué ha hecho esto.

—Lo vamos a pillar seguro, ya lo verás —remató Héctor para no dar la sensación de ser el detective más mudo de la historia de la humanidad.

Los dos siguieron un rato más con ella, charlando de otros temas a fin de que no estuviera todo el rato pensando en lo mismo hasta que, pasada la media hora, decidieron que había llegado el momento de marcharse para dejarla descansar.

Tan pronto salieron de la habitación, él la cogió por el brazo, sin apretárselo pero con firmeza.

—¿Estás loca? ¿Cómo se te ocurre inventarte lo del detective?

Lorena se echó a reír como si fuera una niña pequeña.

—Ya te dije que no te preocuparas, que ya se me ocurriría algo. ¿Qué querías que dijera? Algo tenía que decir para que confiara en ti y te contara la historia, ¿no? A lo mejor debería haberle dicho que eres mi novio o algo... todas las chicas me preguntaron el otro día quién eras.

Héctor comenzó a sonreír, sintiéndose orgulloso de haber llamado la atención de esa manera.

Cuando salieron del hospital, aparentando absoluta normalidad y como si nada hubiera sucedido, Lorena y Héctor compartieron sus pensamientos sobre el tema. ¿Quién podría desear causarle daño a una jugadora de baloncesto?

Lorena mencionó las rivalidades que bullían en el equipo, especialmente por la titularidad y por la oportunidad de jugar. La primera en la que pensó fue en Laura, una compañera con la que, según dijo, Ruth mantenía una tensa relación.

—Es pura rivalidad, no hay más o, por lo menos, no creo que lo haya— comentó, casi como si tratara de convencerse a sí misma de que no podía haber motivos más oscuros más allá de sus diferencias deportivas.

—Es difícil imaginar que alguien pueda llegar tan lejos como para atropellar a otra persona por mucho que quiera jugar en su puesto —reflexionó Héctor, a su vez queriendo convencerse a sí mismo—, si bien no podemos descartar nada. ¿Se te ocurre alguien más? ¿Alguna rivalidad más intensa que la de esas dos?

Lorena frunció el ceño, pensativa.

—No, ni idea. No puedo pensar en nadie más. Incluso en el caso de Laura, no creo que haya llegado a ese extremo. Sería demasiado y, aunque tiene mucho carácter, en realidad no es mala chica.

—No podemos dar nada por sentado —señalé, decidido a explorar todas las posibilidades—. Tendrías que hablar con las jugadoras, reunirte con ellas y ver si alguna tiene alguna información que pueda arrojar luz sobre lo que pasó. A veces, los detalles más pequeños pueden ser cruciales.

Lorena asintió, reconociendo la necesidad de profundizar en ello.

—Tienes razón. Es a lo que nos hemos comprometido con Ruth. Aunque no quiero pensar mal de nadie, necesitamos averiguar la verdad. Quizás alguna de las chicas haya notado algo extraño o tenga alguna teoría. De todas formas, ¿por qué dices que voy a tener que hablar con ellas?

—Hombre, Lorena. ¿Quién mejor que tú? Ya sé que eres nueva y que llevas poco tiempo con ellas, pero seguro que contigo tienen mucha más confianza que con cualquier otro.

Se quedó pensando y de nuevo adoptó aquella actitud con la que Héctor sabía que le iba a volver a vacilar.

—Bueno, no sé. Estaba pensando que sería muy extraño que Ruth dijera que la interrogó un detective y que luego ese detective ya no hable con nadie más, ¿no crees?

—¿A dónde quieres ir a parar?

Héctor lo había preguntado por preguntar, pero conocía la respuesta al igual que la conocía a ella.

—Pues a que yo creo que, ya que un detective tan alto y guapo es el protagonista de esta historia, debe ser él el que la continúe, ¿no crees? Si total veo que te pasas tu trabajo por el forro.

Héctor le pegó una palmada en la pierna, haciendo que ella estallara en una carcajada.

—De acuerdo, mañana estará allí «tu detective», pero ya verás tú qué gracia como descubran que no lo soy. Y sí, ahora tengo que asomar la cabeza por el banco, que no se van a creer que haya tenido una reunión tan larga... aunque bueno, ya te digo que soy el que manda.

Charlando con las jugadoras

Al día siguiente y tras inventarse una nueva reunión con los altos cargos que, desde luego, nadie se encargaría de comprobar, Héctor se personó a primera hora en el pabellón polideportivo antes de que comenzara el entrenamiento, dispuesto a llevar a cabo la farsa del detective. Si se hubiera tratado de algo serio, como un asesinato o similar, no hubiera podido hacerlo, pero tanto él como Lorena sabían que las meras sospechas de Ruth no serían suficientes para que la policía se interesara por el tema. ¿Por qué no intentarlo? Aquello podía ser incluso divertido.

Las jugadoras llegaron de manera gradual. Lorena lo había hecho al mismo tiempo que él, después de que ambos hubieran pasado la noche juntos. Para sorpresa de Héctor, algunas de las compañeras de Ruth se habían enterado de su atropello, pero otras, en cambio, parecían no tener ni idea y mostraron sorpresa cuando les sacaron el tema. Lorena las juntó y, aunque algunas dieron muestras de no creer que aquel chico al que habían visto con ella después del primer partido fuera de verdad un detective, les advirtió de que quería hacerles unas preguntas antes de empezar el entrenamiento.

La conversación se desenvolvió con cuidado. Metido de lleno en el papel, Héctor les reveló que sabían de sobra que lo de Ruth no había sido un accidente, sino un atropello intencionado. Mientras lo hacía, Lorena se fijaba en las caras que iban poniendo, en especial en la de Laura, a quien nadie parecía atreverse a mirar.

No hubo sorpresas. Todas afirmaron no saber nada sobre el accidente. Lo típico en estos casos. Nadie ve nada y nadie sabe nada. La mejor forma de no complicarse la vida.

Como vio que nadie decía nada, Héctor, a quien Lorena le había dicho quién era antes de juntarlas a todas, miró directamente a Laura.

—¿Por qué me miras a mí? —preguntó ella con chulería y poniéndose a la defensiva.

—No te he preguntado nada. Solo te he mirado.

Aunque esa fue la manera en que se defendió de las palabras de la jugadora, Héctor era el primero en reconocer para sus adentros que la había mirado en plan acusatorio para provocarla.

—De todas formas —continuó, dispuesto a no perder la oportunidad—, ya que has empezado a hablar, no me importa que sigas. Quiero que lo hagáis todas, de hecho. ¿Qué tal te llevas con Ruth?

La aludida, una chica morena, no se mordió la lengua.

—La odio. No te voy a mentir. No la soporto y no voy a ser tan hipócrita como todas las demás, que seguro que no admiten que no la pueden ni ver —confesó, sin ningún miramiento ni sombra de temor—. Ahora bien, también te digo que eso no significa que le haya hecho algo así. No soy ninguna salvaje. Puedo ganarme el puesto sin necesidad de jugar sucio.

Se hizo el silencio tras su intervención. Las otras jugadoras permanecieron calladas, dirigiendo sus miradas al suelo y evitando encontrarse con las de las demás.

Lorena y Héctor también se miraron.

—Entendemos que pueda haber tensiones en el equipo —intervino la entrenadora con tono firme—. Yo misma os exijo a menudo que sea así porque no quiero que nadie se relaje en la cancha. Sin embargo, ahora necesitamos conocer la verdad para ayudar a Ruth y resolver esto. Si alguien sabe algo, que lo diga, por favor. Incluso lo que os parezca más insignificante puede tener vital importancia.

Las miradas entre las jugadoras se intensificaron, pero la reticencia persistía. La lealtad al grupo chocaba con el temor a involucrarse en un asunto que iba más allá de la cancha de baloncesto. El silencio se convirtió en opresivo, hasta que finalmente, después de un tenso intercambio de miradas, una de las jugadoras lo rompió.

—No sabemos nada, Lorena —murmuró una con cautela—. Nos dedicamos a jugar. De vez en cuando tomamos algo, como sabes, pero hasta ahí. No solemos meternos las unas en la vida de las otras.

Laura, por su parte, en un tono igual de desafiante que cuando había hablado por primera vez mantuvo su postura.

—No sé por qué estamos siendo interrogadas así. No sé por qué le ha pasado eso a Ruth, pero lo que sí sé es que ninguna hemos hecho nada —insistió.

Al ver que aquella jugadora, la tal Laura, se lo estaba tomando como algo personal, Héctor decidió sacar partido de todo aquello.

—Como sabéis, Ruth fue atropellada y nos ha contado que fue un coche blanco. Necesitaré que me deis los datos de vuestros coches a fin de comprobar que no han estado implicados en ninguna colisión.

Sonaron las protestas que esperaba y hasta Lorena se quedó impresionada por su osadía, esforzándose eso sí en no hacer ningún gesto que pudiera delatarla.

—¡Vamos a ver! Es una simple cuestión de rutina para poder descartaros como sospechosas. Cuanto antes quedéis libres de sospecha, mucho mejor para todos.

—¿Las que no tenemos coches blancos también? —preguntó una de ellas—. No veo la necesidad.

—Sí, también —insistió Héctor, sabiendo que no era conveniente que diera marcha atrás—. Todas, por favor. Ruth nos dijo que el coche era blanco, pero puede que no lo viera bien o que se equivoque si quedó en shock, si se confundió o si simplemente la luz reflejó en la carrocería dándole un tono diferente.

Siguieron protestando. Algunas jugadoras se miraron con desconfianza, pero después de un momento de vacilación y mordiendo por completo el anzuelo, le dieron a Héctor todos los detalles de sus coches, totalmente convencidas de que estaban ante un detective de verdad.

—Ahora que lo pienso, quizá lo mejor sea que nos enviéis una foto de vuestros coches. Son para enseñárselas a Ruth —aclaró Héctor a la par que Lorena empezaba a asustarse del lío en el que se estaban metiendo por su ocurrencia—. Una imagen podría ayudarla a recordar mejor. Si no me las queréis enviar a mí porque, al fin y al cabo, no me conocéis, mandádselas a Lorena y ya me las pasará ella cuando las haya reunido.

Hubo nuevas murmuraciones. Algunas jugadoras no ponían pegas, pero otras parecían no estar tan convencidas, motivo por el cual Lorena, tras darse cuenta de que alguien les estaba observando desde la grada, decidió poner fin a aquella situación.

—Haremos lo que nos dice el detective. Me mandáis las fotos cuando podáis y yo se las envío a él, ¿vale? Ahora tenemos que empezar ya a entrenar, chicas, que los partidos no se ganan solos.

Cuando acabó el entrenamiento, Héctor no estaba fuera. Pensó que sería extraño si de nuevo se quedaba esperando a Lorena a la salida, ya que a las jugadoras podría extrañarles verlo tantas veces. Sí, era un amigo que a su vez era detective —o eso era lo que les habían hecho creer— y que además tenía algo con ella, como todas habían imaginado. ¿Y? ¿A quién debía importarle eso? ¿Acaso no se pueden ser varias cosas a la vez?

¡Claro que sí y, además, sobran las explicaciones! Sin embargo, después de haber complicado la cuestión con el tema del envío de las fotos de los coches, Héctor creyó que lo mejor era escribirle un mensaje a Lorena para que se vieran directamente en el bar al que habían acudido el día anterior, que, desde luego, era un lugar mucho más discreto que la puerta del pabellón.

Lorena entró en el bar y lo vio sentado en la misma mesa.

—¡La que has liado! —le reprochó, echándose a reír justo antes de darle un beso.

—¿Por qué dices eso? —preguntó él, aun cuando ya sabía la respuesta.

—¡Con lo de las fotos de los coches! A ver, que ya me han dicho que me las van a mandar, que ellas son las primeras que quieren que todo se aclare y que no se sospeche de nadie y bla, bla, bla. Les he dicho que, si en la foto ya veíamos que sus coches no tenían ninguna abolladura ni señal de haber atropellado a nadie, entonces ya no sería necesario que los examinara la policía.

Héctor se echó a reír a carcajadas.

—¿Pero cómo se te ocurre decir eso? ¿De verdad piensas que la policía examina las cosas por fotos en vez de hacerlo en directo?

Ella le soltó un manotazo en el brazo.

—La idea ridícula la tuviste tú con lo de que te enviaran fotos de sus coches. Claro que no se lo van a tragar y alguna de hecho ya ha puesto cara de qué estábamos diciendo. ¡Espero que ninguna tenga ningún familiar o amigo policía de verdad! ¿En serio piensas que ha sido alguna de ellas?

—A ver, por muy terrible que suene no se puede descartar esa posibilidad. Está claro que Laura parece ser la que más manía le tiene, pero me río yo de todas las que se quedaban calladas en plan niñas buenas. Si Ruth es buena jugando...

—La mejor, diría yo —lo interrumpió Lorena.

—Cualquiera pudo querer lesionarla para tener el camino más fácil. No es por nada, me alegro mucho de que te hayan dado trabajo y de que hayas debutado con victoria, pero miedo me da dónde te has podido meter como haya alguien sin escrúpulos dentro del equipo.

Lorena le acarició la mano, complacida por su preocupación.

—Me cuesta mucho creerlo, la verdad. Espero que no sea así. Por otro lado, ¿qué piensas hacer con las fotos? Quiero decirte que más de un coche tendrá alguna abolladura y eso no demuestra que sea por el atropello de Ruth.

—Lo sé. Es más, tú puedes atropellar a alguien y que a tu coche no le pase nada. No es lo mismo chocar con una persona que contra otro coche o contra un pivote. No, lo de las fotos ha sido una forma de salir del paso... —hizo una pausa—, pero a lo tonto nos van a venir bien para saber quién tiene un coche blanco y quién de otro color.

—¿Y eso que dijiste del reflejo de la luz en la carrocería o algo así? —preguntó ella con extrañeza.

—Eso no me lo creo ni yo —admitió Héctor riéndose—. Lo dije para que nadie pusiera como excusa que no nos iba a mandar foto porque no tenía un coche blanco. Realmente, pienso que, si Ruth dijo que fue un coche blanco, es porque fue blanco. No creo que quedara lo suficientemente en shock como para confundir el color...

—Sí, sí —intervino Lorena—. Quitando que los dos sabemos que lo de las fotos ha sido una tontería que no nos va a dar ninguna pista de nada, estará bien saber el color del coche de cada jugadora... especialmente el de Laura.

De nuevo se hizo el silencio mientras ambos apuraban sus bebidas. Fue ella quien lo rompió.

—De todas formas, Héctor, hay un detalle en el que no has caído.

Él se quedó mirándola fijamente, sin entenderla.

—Que quizá era yo la conductora del coche blanco —aclaró Lorena.

Héctor arqueó una ceja.

—Si hubieras sido tú la que atropelló a Ruth, no creo que hubieras contratado los servicios de este detective. ¡Ni me lo habrías contado!

Ella siguió con la broma.

—Bueno, de todas formas yo también tendré que mandarte la foto de mi coche, ¿no? ¿O prefieres examinarlo directamente esta tarde?

Él sonrió ante aquella proposición y aquel día ya no pasó nada más. Bueno, en realidad sí. Aquella tarde Héctor fue a casa de Lorena y, en el marco de lo que él llamó «una investigación oficial», pudo comprobar en su garaje que ella tenía un coche rojo y que, por lo tanto, quedaba oficialmente descartada como sospechosa.

Terminada la «investigación» y tras un cortísimo debate sobre qué podían hacer el resto de la tarde, ambos decidieron que estaría bien volver a recordar los tiempos del instituto y aquellos momentos en los que podían pegarse infinidad de horas abrazándose, besándose e incluso haciendo el amor.

El presidente del club

Tan solo dos jugadoras, Sara y Amanda, tenían coches blancos y, afortunadamente para unos Héctor y Lorena que se alegraron de saberlo, Laura, la más hostil, no era una de ellas.

—Sara y Amanda pueden tener sus diferencias, tanto entre ellas como con Ruth —comentó Lorena—, pero al final del día yo creo que todas son parte del equipo y que la camaradería y la ilusión por ganar está por encima de todo. Si ya me costaba imaginar a Laura atropellando a Ruth, ya te digo yo que Sara y Amanda no han tenido nada que ver por mucho que sus coches sean blancos. Pondría la mano en el fuego por ellas.

Aquellas reflexiones llegaron por la mañana, mientras desayunaban juntos.

Tras quedarse pensando en lo que había dicho Lorena, Héctor pegó un puñetazo en la mesa y se mordió el labio inferior, como si de repente hubiera caído en la cuenta de algo.

—¿Sabes si las jugadoras tienen algún seguro o cobertura en caso de lesiones o accidentes? —preguntó a bocajarro.

Lorena se quedó callada, dando a entender con ello que no comprendía muy bien el giro de la conversación.

—Te lo pregunto —le aclaró él— porque se me ha ocurrido pensar en quién podría beneficiarse de una lesión de Ruth... de ella o de cualquier otra jugadora en realidad. Quizá se nos ha ido un poco la cabeza y hemos fantaseado demasiado sobre el verdadero objetivo de quien la atropelló, pero a lo mejor lo único que quería era que se lesionara.

—¿Para impedir que juegue? Ufff, no lo sé —reparó ella—. Tampoco somos un equipo de élite. Si lo fuéramos...

—Quizá no para evitar que juegue, pero a lo mejor sí para ejecutar alguna cláusula de una póliza que pueda tener. Es posible que todo esto lo haya organizado alguien que vaya mal de pasta y que quiera cobrar haciendo juego sucio.

Se hizo un silencio de apenas dos segundos.

—Sí, a ver, seguro deportivo tienen todas las jugadoras porque es obligatorio al federarse —comentó Lorena—, pero no estoy segura de los detalles. Lo mejor sería hablar con el presidente del club al respecto. Él es quien se encarga de esos asuntos.

Héctor se quedó a la expectativa por si ella añadía algo más, lo que no hizo.

—¿Cómo podemos contactar con él? —insistió, dándose cuenta de que iba a ser necesario ir al meollo del asunto.

Lorena suspiró, con una sombra de duda en su voz.

—Bueno, no es la persona más amigable del mundo que digamos. Suele estar de mal humor la mayor parte del tiempo. Por eso ayer corté tu charla con las jugadoras y dije que teníamos que empezar a entrenar, porque lo vi observándonos desde la grada con cara de perro. No sé, quizá si seguimos con lo de la farsa del detective podamos ablandarlo un poco y a lo mejor nos cuenta algo.

Héctor no titubeó.

—¡Tenemos que intentarlo, joder! ¿Cómo y cuándo podemos quedar con él? —insistió, ansioso por profundizar en el asunto.

Lorena, quien pareció también venirse arriba con el tema, se envalentonó.

—Podemos ir a su oficina después de que termine el entrenamiento. Antes no porque yo ayer ya lo noté mosqueado, pero después de entrenar no me puede decir que no hecho mi trabajo.

Héctor asintió con energía ante aquella propuesta.

—¡Perfecto! Además, me parece muy bien lo de que sea después de entrenar porque yo hoy sí que tengo que ir a la oficina, que llevo dos mañanas escaqueándome y no voy a estar todos los días inventándome reuniones.

Lorena se echó a reír.

—¿Te han preguntado o te han dicho algo?

—No, no. Ya te he dicho que los de la oficina no me preguntan y a los de arriba los tengo controlados.

—¿Y puede saberse el motivo por el que está usted faltando a su trabajo por las mañanas? ¿No tendrá usted alguna ocupación secreta? —preguntó ella con sorna.

Héctor se echó a reír.

—Ufff, pues la verdad es que me ha pillado usted. Sí, eso es. Por las mañanas estoy llevando a cabo una investigación secreta para una rubia muy guapa.

La chica explotó en una sonora carcajada.

—Pues quizá tu clienta esté esperando resultados, por lo que no te olvides de venir al pabellón después del entrenamiento para que podamos ir a la oficina de este hombre.

No fue hasta una hora después de acabar el entrenamiento que dirigía Lorena cuando Héctor pudo presentarse en el polideportivo. Había tenido que dejar resueltos algunos asuntos en su oficina y, aunque se moría de ganas de volver a ponerse en la piel del falso detective y, sobre todo, de volver a estar con la persona a la que se había vuelto a enganchar, él mismo sabía que no le convenía dejar la sucursal sin firmar los papeles que se habían acumulado encima de su mesa.

Lorena, a la que había avisado de que se retrasaría un poco y que lo esperaba en uno de los bancos de un parque que había junto a las instalaciones deportivas, lo besó nada más verlo.

—No lo he visto salir ni nada, luego imagino que todavía seguirá en las oficinas —le comentó, refiriéndose al presidente del club—. Te recuerdo que tiene muy mal carácter. Fijo que se te pone chulo.

—Pues tendré que utilizar estos poderosos bíceps —bromeó él.

A los cinco minutos, se encontraron ante su puerta. Héctor respiró hondo, preparándose mentalmente para seguir con la comedia que ambos habían iniciado el día anterior y suplicando para sus adentros que en ningún momento le pidieran ninguna credencial. Los temores se le fueron del todo cuando Lorena le tocó la espalda para animarlo.

Con un golpe suave, entraron en la oficina del presidente. El hombre, sentado tras su escritorio, les recorrió con una mirada escrutadora en la que brillaba una mezcla de desconfianza y curiosidad.

—¿En qué puedo ayudarles? —gruñó.

Héctor volvió a respirar profundamente y, con una profesionalidad que no se correspondía con lo que sentía por dentro, Héctor le contó la milonga de que era un detective contratado por Ruth, que estaba investigando el tema de su atropello y que únicamente quería preguntar acerca de los seguros que las jugadoras tenían suscritos con el club.

El presidente, que lo escuchó con atención, siguió con una expresión impasible, como digiriendo cada una de las palabras que él había pronunciado y como queriendo averiguar para qué se habían presentado aquellos dos en su oficina.

—¿Para qué quieren saber eso?

«Bueno, por lo menos nos está llamando de usted y no se ha puesto agresivo», pensó ella.

«Mantente firme y que no te domine», pensó él.

—No creo que tenga que darle ninguna explicación más allá del hecho de que mi clienta quiere conocer ese dato antes de saber a quién tiene que demandar —siguió Héctor—, pero para que vea que no vengo de malas y que prefiero que resolvamos esto amistosamente, le diré que Ruth Villar, su jugadora, fue atropellada por un conductor que se dio a la fuga y lo primero que me preocupa y de lo que quiero estar absolutamente seguro es de que el causante no ha sido alguien que quiere sacar tajada del dinero que dan los seguros cuando se producen este tipo de accidentes.

—¿Me está acusando de algo?

Aquel hombre era parco en palabras, pero el verbo «demandar» parecía haber surtido en él el efecto que Héctor quería.

—Lo sabré cuando pueda ver la documentación. No he venido aquí con esa idea y tanto mi clienta como yo creemos que ni usted ni el club han tenido nada que ver, pero es clave conocer quién obtiene beneficios de una lesión de Ruth y, si usted no quiere colaborar, entenderé que hay algo que no quiere que sepamos y, sí, entonces me veré obligado a pensar mal.

Se quedó callado durante unos segundos. Confiaba en que Lorena lo hubiera descrito bien y de que fuera verdad lo de que daba la sensación de ser un bravucón, pero que en realidad no tardaba en ceder si se le apretaban un poco las tuercas.

—¿No necesita una orden judicial para pedirme esos papeles?

«¡Ya nos han pillado!», pensó ella.

«¡Cómo le gusta a la gente ver películas!», pensó él.

Héctor, que se había esperado aquello y que, gracias a su trabajo y su costumbre de negociar, sabía que lo más práctico era contratacar a un fanfarrón con más fanfarronería, supo que había llegado el momento del falso colegueo, entre otras cosas porque él era el primero al que no le interesaba que aquel hombre averiguara que, en realidad, no se encontraba ante ningún investigador privado ni ante nadie a quien tuviera la más mínima obligación de contarle o de enseñarle nada.

—Si usted quiere colaborar con nosotros, no hace ninguna falta. Echo un vistazo a los papeles, resuelvo mis dudas y, si no veo nada raro, seguimos cada uno con lo nuestro y ya está. Si por el contrario no quiere, ningún problema. Trabajo a menudo con la policía y le aseguro que no me va a costar nada volver en un par de horas con una orden para que me dé la información que le estoy pidiendo por las buenas. Es más, si lo prefiere, puedo incluso venir acompañado de un par de interventores que examinen a fondo qué tal lleva usted las cuentas del club. Usted elige cómo quiere que lo hagamos.

El presidente se quedó callado, dando muestras por primera vez de estar asustado. Héctor sabía que había tocado la tecla adecuada. Muchos clubes y más de una federación deportiva estaban llenos de gente a la que les encantaba meter la mano en la caja del dinero para llevarse todo el que pudieran, motivo por el cual, cuando les amenazabas con una inspección, se ponían muy nerviosos.

—Las jugadoras tienen un seguro de lesiones que cubre cualquier accidente que ocurra durante los entrenamientos o los partidos —explicó de repente, utilizando un tono mucho más suave que el que había mostrado al principio—. Yo los suscribo cumpliendo la ley y los firmo como presidente, pero, más allá de eso, le juro que no sé los detalles exactos de cada póliza. Para ello, deberías hablar con nuestra compañía de seguros para obtener más información. En serio que yo no sé nada más.

«¿Y ya está?», pensó ella.

«Increíble. Tanta tontería para que al final no nos diga más que lo evidente», pensó él.

Mitad a regañadientes, mitad convencido para librarse de males mayores, el presidente les dio los datos de la compañía de seguros.

«Bueno, por lo menos nos vamos con más datos de los que teníamos cuando hemos venido», pensó ella.

«Mordió el anzuelo. ¡Maldito mafioso! Como seas cliente mío, ya te pillaré, ya...», pensó él.

—¿Qué hace ella aquí? —preguntó, refiriéndose a Lorena y empleando un tono de nuevo desagradable—. Te recuerdo que se te paga por entrenar y por ganar partidos, no por jugar a los detectives.

Al oír aquello, Héctor apretó los puños con fuerza, pero no hizo falta que hiciera o que dijera nada, puesto que Lorena se le anticipó.

—Lo que no he dejado de hacer desde que llegué aquí la semana pasada. Y si por entrenar usted solo entiende encestar balones, me parece genial, pero ya le adelanto que yo incluyo en mi trabajo preocuparme por el bienestar de mis jugadoras y asegurarme de que se encuentren bien y de que no les pasen cosas raras, como le ha sucedido a Ruth.

Dejándolo con la palabra en la boca, Lorena salió de la oficina con Héctor siguiéndola de cerca. Ninguno de los dos habló hasta que no estuvieron lejos de allí.

—¡Madre mía, en la que nos estamos metiendo! —soltó de repente ella, echándose a reír y liberando de golpe todas las tensiones que le había provocado la escena anterior y su contestación al presidente —. Ufff, igual esta tarde me encuentro una llamada diciéndome que mañana ya ni vuelva a trabajar, pero qué ganas tenía de decirle algo a ese impresentable.

—Menudo elemento, de verdad —la apoyó él, también más relajado, en especial al ver cómo ella se reía—. ¡Cómo se ha asustado cuando he dicho lo de que podría volver con una orden y con un par de interventores!

Las risas de Lorena se convirtieron en carcajadas.

—Segurísimo que ese tío roba. Se ha puesto súper nervioso cuando se lo has dicho.

—Eso pienso yo. A ver, que no creo que se forre, que al fin y al cabo no deja de ser un club de barrio, pero, vamos, algo se lleva seguro.

Lorena no dijo nada, limitándose a abrazar a Héctor por la cadera.

—¿Y ahora qué?

Él inspiró profundamente, reconfortado por el calor que desprendía.

—¿Qué de qué?

—Pues que digo yo que ya de perdidos al río, ¿no? Habrá que ir a la compañía de seguros —sugirió la chica.

—Sí, Lorena, pero ahí... —reparó él—. Ahí no lo veo nada claro. Una cosa es fingir ser un detective ante unas jugadoras que solo están pensando en entrenar o ante un tío al que lo único que le preocupa es no verse envuelto en problemas, pero otra muy diferente es que eso vaya a colar en una aseguradora. Vamos, yo soy el primero que, como se presente alguien en mi oficina contando películas extrañas, le hago que se identifique bien y que me enseñe todos los carnés que lleve encima, incluyendo el del autobús.

Ella de nuevo se echó a reír. Su vida también había pegado un vuelco desde que lo vio acercarse aquella noche tras el partido.

Se acercó a su oído para animarlo como sabía que debía hacer.

—Estoy segura de que lo harás igual de bien que ante el dueño del club... ¿quién podría resistirse a un detective tan guapo?

Los seguros y sus cláusulas

No puede decirse que a Héctor no le animaran las palabras de Lorena, no, pero, al mismo tiempo, tenía muy claro que había muchas posibilidades de que la farsa del detective no solo no funcionara, sino que incluso acabaran con los dos en comisaría y con él acusado de suplantación de identidad... nada conveniente para nadie, pero menos para el director de una sucursal bancaria que, de la noche a la mañana, podía quedarse además sin trabajo si se veía envuelto en algún escándalo de ese tipo.

Héctor y Lorena llegaron a las oficinas de la compañía de seguros. Aunque en un principio pensaron que cualquiera de sus sucursales podría servir, al final decidieron acudir a la central, puesto que ambos intuyeron que, si hubieran acudido a cualquier oficina de barrio, les habrían derivado igualmente a la sede. Eso era lo que el propio Héctor había tenido que hacer en más de una ocasión cuando algunos clientes venían para hacer operaciones bancarias más complejas de las habituales en una oficina de barrio.

Nada más entrar, una joven les recibió con una sonrisa cálida. Intentando mostrarse simpático aunque todavía nervioso por si las cosas se torcían, Héctor le explicó el motivo por el que habían acudido allí y le pidió que los llevara ante uno de sus superiores.

Personalmente, le habría encantado que la chica les hubiera dado los datos que necesitaban y haber podido escapar de allí sin necesidad de hablar con nadie más, pero imaginó que alguien que trabajaba de cara al público no podría dar el tipo de información que habían ido a buscar o, si podía hacerlo, no se sentiría cómoda ante algo a lo que no estaba acostumbrada.

—Creo que es mejor que habléis con la directora, pero ahora mismo está ocupada y me ha pedido que nadie la moleste. De todas formas, si queréis acompañarme, seguro que enseguida se queda libre y os puede atender.

Les llevó a una sala en la que les pidió que esperaran ante una puerta cerrada.

—Esperad aquí —les dijo la recepcionista—. Cuando la directora termine lo que esté haciendo, saldrá a recibiros.

La chica se alejó poco a poco por el pasillo, quedándose Héctor y Lorena solos. Ella le acarició una pierna y le dio un beso en la mejilla.

—Tranquilo, cariño. Sé que lo vas a hacer muy bien, pero, si te agobias, nos vamos y ya se nos ocurrirá cómo investigar el tema.

Él le devolvió el beso.

—Bah, no pasa nada. Lo que dices, nos va a salir bien, ya lo verás.

No lo decía nada convencido, pero no quería que ella percibiera su preocupación, si bien tenía claro que ya lo había hecho.

Y sí, la vida está llena de sorpresas o de situaciones que no salen como nosotros esperamos que salgan y eso fue lo que sucedió cuando una llamativa rubia, tanto o más como Lorena, apareció en la puerta.

—¿Héctor?

Este se quedó en blanco, pero reaccionó apenas dos segundos después.

—¿Vanessa?

Los dos se dieron un abrazo y dos besos, mientras Lorena se quedaba perpleja por la escena.

—¿Venís juntos? Pasad, por favor.

Lo hicieron y se sentaron. Héctor notó la cara de extrañeza de Lorena y decidió aclarar el asunto cuanto antes.

—Vanessa, te va a parecer gracioso, pero esta es Lorena.

La rubia se echó a reír y lo hizo sin ninguna maldad.

—¡No fastidies! ¡Por fin te conozco!

—Luego te explico —añadió Héctor al ver que la entrenadora no sabía dónde esconderse.

No hizo falta que lo hiciera, puesto que fue la directora de la compañía de seguros la que habló.

—Héctor y yo fuimos compañeros de clase durante la carrera y no veas la lata que me dio contigo. No te lo digo por decir, se pegó todo el primer curso hablando de ti.

Lorena respiró aliviada. ¡Compañeros de clase! Podían haber sido amantes y sabía que ella no tenía nada que decir al respecto, de la misma forma que ella había estado también con varios chicos después del instituto. Sin embargo, el reencuentro con Héctor y lo intensa que había sido la semana en todos los sentidos había despertado en ella sentimientos e incluso planes en los que aquella rubia perfecta no encajaba.

—¿Y qué te contó sobre mí? Ya que estamos, cuéntamelo, que me he quedado de piedra al ver la familiaridad que hay entre vosotros.

—¡Es que Héctor y yo no nos veíamos desde la carrera! Me he alegrado un montón y encima me entero de que has vuelto con tu amadísima Lorena. ¡Yo sí que me he quedado de piedra!

Lorena se relajó al escucharla decir aquello.

—¿Qué os trae por aquí?

Héctor supo que, en aquellas circunstancias, no tenía ningún sentido fingir ser un detective. Vanessa lo conocía y sabía que había estudiado Económicas, al igual que ella. Podría haberle contado que, después de la carrera y al no encontrar trabajo, se había puesto a trabajar como investigador privado, pero sabía que no se lo tragaría, por lo que le dijo la verdad desde el principio, incluyendo cómo vio a Lorena en el periódico y cómo eso desencadenó todo lo demás.

—Quizá no sea nada y a lo mejor nos hemos montado una película —añadió Lorena, quien captó a la primera que allí no tenía sentido seguir con la farsa del detective—, pero es que... no sé, me asusté mucho cuando pasó. Todo ha sido muy rápido para mí. Me contratan, apenas conozco a las jugadoras, enseguida tenemos ya el primer partido, lo ganamos, todo va bien y de repente a una la pilla un coche que ella asegura que pudo haber frenado y que no lo hizo.

La directora de la compañía asintió con firmeza. Su expresión se había vuelto seria, comprendiendo la gravedad del asunto y quizá, por qué no decirlo, pensando también en el desembolso económico que aquello pudiera ocasionar a la compañía.

—Entiendo vuestra preocupación, pero... ¿qué puedo hacer yo?

—Mira, Vanessa —intervino Héctor—, la verdad es que hemos venido con la intención de hacerme pasar por detective, que es lo mismo que he hecho ante las jugadoras y ante el presidente del club.

La rubia se echó a reír.

—¿Qué me estás contando?

Sus risas contagiaron tanto a Lorena como a Héctor, quienes se dieron cuenta de lo ridículo que había sido comportarse así.

—Bueno, Vanessa, pero hemos obtenido resultados y nos hemos enterado de cosas... lo que sucede es que no lo voy a hacer delante de ti porque me conoces y... confieso que ahora sí que estaba muerto de miedo porque estaba convencido de que no iba a colar —admitió Héctor.

—Hubiera pagado una millonada por ver cómo lo hacías —comentó Vanessa entre risas, imaginando la situación—. Quiero ayudaros, chicos. ¿Qué queréis que haga?

Héctor y Lorena se miraron y fue ella la que habló.

—Sé que no puedes revelar nada de ningún cliente por la ley de protección de datos, pero si pudieras mirar las condiciones de la póliza de Ruth te lo agradeceríamos mucho. Necesitamos conocer un motivo, saber un por qué. La verdad es que hasta ahora no tenemos nada y no me entra en la cabeza que alguien pueda atropellar a otra persona, así sin más, porque sí. Si lo necesitas, puedo llamar a Ruth ahora mismo, explicarle delante de ti lo que hemos venido a hacer aquí y, si es necesario, que te dé su consentimiento. Es que no creo que ella sepa lo que tiene contratado o qué le cubre o qué no el seguro deportivo.

—Eso no lo sabe nadie. La gente contrata los seguros y luego no tiene ni idea de lo que tiene contratado, de forma que se asegura de lo mismo en varias compañías distintas y ni se entera —admitió la directora—. Te lo digo yo por experiencia, que lo veo a menudo.

—¡Vaya buitres que sois! —comentó Héctor.

—Claro, porque los de los bancos sois madres de la caridad, ¡no te fastidia! —replicó Vanessa sin dudarlo—. Y sí, has acertado, no puedo revelar esa información, pero me da igual, sí que os la voy a dar.

Sin decir nada más, comenzó a teclear en su ordenador, sumergiéndose en una maraña de datos y cifras en busca de respuestas y produciéndose un silencio tan solo roto por el suave zumbido del ventilador de su ordenador y el ocasional crujido de diversos papeles que empezó a remover.

Cuando levantó la mirada, la preocupación que reflejaba su rostro parecía haber ido a más.

—He encontrado la póliza —anunció.

La chica extendió varios papeles para que Héctor y Lorena los examinaran, si bien los dos se quedaron mirándola, esperando que lo explicara con sus palabras.

—El seguro la cubre en caso de lesiones graves que la mantengan fuera de la cancha por un largo periodo de tiempo. Habría que ver si la rotura de la pierna está contemplada o no en ese supuesto, pero sí, la póliza incluye una cobertura de hasta 20.000 euros.

A Héctor se le escapó un silbido, mientras Lorena se quedaba con la boca abierta por la sorpresa.

—¿Es la única jugadora del equipo que está asegurada con una cantidad tan elevada? —preguntó la entrenadora.

La directora emitió un suspiro y apoyó la espalda en el respaldo de su silla, mostrándose cauta y empezando a dudar sobre el hecho de revelar más información de la necesaria.

—Vanessa, no te eches ahora atrás, por favor —intervino rápidamente Héctor al haberse percatado del recelo que le había entrado a su antigua compañera de clase —. Con lo que nos has contado, podemos estar detrás de un intento de fraude al seguro y lo sabes. Creo que, cuanto antes podamos averiguarlo, mejor para todos. Es también posible que Ruth no haya sido más que la primera de las jugadoras en ser atacada. Llámeme cínico, pero es fundamental saber si todas son igual de valiosas.

Sus palabras parecieron surtir efecto. Empezó a teclear de nuevo en su ordenador, mientras Lorena y Héctor permanecían a la expectativa con el corazón palpitante.

—No, no. ¡Afortunadamente no! —se le escapó, emitiendo un suspiro de alivio—. Las pólizas son diferentes para cada jugadora. Ruth Villar y Laura Barca son las que tienen las más elevadas, pero luego hay otras con cuantías mucho menores. Bah, de perdidos al río. Mirad, os las enseño.

Lo hizo, volviendo el monitor hacia Lorena y Héctor, quienes se dejaron los ojos en la pantalla intentando procesar la enorme cantidad de números que tenían delante.

Anotaron las cantidades con las que estaba cubierta cada jugadora para saber, como Héctor le había dicho al director en un lenguaje cínico pero sencillo, cuánto valía cada una para la compañía.

—Chicos, no hace falta que os diga... —empezó a decir la directora con un tono de preocupación en su voz.

—No te preocupes, Vanessa —la interrumpió Lorena, tocándole un antebrazo—. Te doy mi palabra de que nadie se va a enterar de lo que has hecho por nosotros. Estos datos son solo para nosotros, para ver si podemos aclarar todo esto, pero te prometo que no van a salir de aquí.

La chica sonrió ampliamente, complacida ante lo que Lorena había dicho y sintiéndose contenta de que, en efecto, parecía ser tal y como Héctor la había descrito tantos años atrás.

—Te lo agradezco mucho, Vanessa, de verdad —añadió Héctor, levantándose de su asiento–. Sin ti hubiera sido imposible enterarnos de esto. Créeme que vamos a estar muy pendientes de este tema y, si se trata de un intento de fraude, vas a ser la primera en saberlo.

—Confío en vosotros, la verdad... y bueno, que me alegro mucho de que os vaya tan bien, aunque no haga más que una semana desde que os reencontrasteis.

Volvieron a darse un prolongado abrazo, uno que demostró a Lorena lo importante que debía de haber sido su relación durante la carrera, si bien se calló y no hizo ningún comentario.

Coches blancos

Sí, se calló, pero después de salir de la compañía de seguros Lorena no aguardó ni un solo segundo antes de abordar a Héctor.

—¡Madre mía, vaya pedazo de rubia!

Héctor se echó a reír.

—Vanessa fue mi mejor amiga durante la carrera. Luego perdimos el contacto, no sé... un poco como nos pasó a ti y a mí después del instituto.

—Oye, pero no me habéis aclarado qué era exactamente lo que le contabas de mí.

Héctor se ruborizó.

—Bueno... Le conté que había pasado el último curso con una chica increíble y que me estaba costando mucho olvidarla. Fue lo que me pasó, te lo juro.

Lorena lo abrazó y lo besó con todas sus fuerzas.

No tardaron en ponerse serios. La revelación sobre el seguro de Ruth había arrojado una nueva luz sobre el caso del atropello, pero también había suscitado nuevas preguntas y preocupaciones en sus mentes, incluyendo algo que no habían comentado hasta el momento pero que los dos sabían que no se podía descartar: la posibilidad de que, si todo aquello se trataba de una estafa al seguro para cobrar la indemnización, Ruth pudiera estar implicada.

Por un lado, costaba imaginarlo. Había que tener muchas agallas para hacerse daño a uno mismo y no resultaba fácil imaginar a Ruth con la sangre fría suficiente como para llevar a cabo un montaje que implicara la rotura de su propia pierna; por el otro, cosas mucho más raras y siniestras se veían y escuchaban a diario.

Tras pensarlo mucho, Héctor se lo sugirió a Lorena. Necesitaba saber qué era lo que ella pensaba. Al fin y al cabo, ella la conocía mucho mejor que él, que tan solo la había visto una vez en la cama de un hospital.

—Yo creo que eso no tiene ni pies ni cabeza, Héctor —respondió la chica—. Entiendo que pienses en ello, pero de verdad que no me encaja ni con la personalidad de Ruth ni con su comportamiento. Además, hace falta mucho valor como para dejarse hacer algo así. Quiero decir que, a no ser que yo estuviera muy desesperada, no recurriría jamás a eso y... no sé, no creo que Ruth tenga apuros económicos como para que se haya visto obligada a montar una farsa de este tipo.

Héctor comentó que estaba de acuerdo con ella, si bien lo dijo con la boca pequeña, ya que, admitiendo toda la lógica de lo que había dicho Lorena, aquella era una posibilidad que su mente seguía negándose a descartar.

—Lo que me preocupa más —añadió la entrenadora— es que suceda lo que tú has dicho, es decir, que haya una reacción en cadena y que Ruth no haya sido más que el primer objetivo. Que haya alguien que vea en esto una forma sencilla de obtener dinero fácil.

—Espero que no sea así y que solo haya sido un caso aislado. En todo caso, si ahora alguien lo intentara con la chica rebelde, que es la que tiene la misma cobertura que Ruth, la cosa podría resultarle muy bien. Ahora bien, el resto de las jugadoras tiene pólizas de menor cuantía, o sea que, menos con Laura y Ruth, con el resto no creo que haga mucho negocio.

—Laura es muy buena, al igual que Ruth. Ya te he dicho que la competencia entre ellas es feroz, pero es por eso, porque las dos son jugadoras espectaculares. Me ha sorprendido lo de los 20.000 euros porque es mucho dinero, pero no el hecho de que ellas sean las dos que estén mejor valoradas.

Se hizo un breve silencio.

—Pues igual hay que seguir apretándole las tuercas al simpático de tu presidente no sea que sea él el que está en realidad detrás de todo este asunto —sugirió Héctor—. La verdad es que no se me ocurre ningún otro beneficiario.

—Pero eso puede significar entonces que Laura puede estar en estos momentos en serio peligro de sufrir un «accidente» —comentó Lorena con un evidente tono de preocupación.

—No creo que suceda tan seguido del de Ruth. ¡Imposible! No hace ni tres horas que estábamos en su despacho y estaba muy asustado por la posibilidad de una inspección. Si actuara ahora estaría arriesgándose demasiado a llamar la atención y a que sospecháramos. Un accidente es creíble, pero dos en muy pocos días es casi imposible. Ahora bien, está claro que quizá haya que vigilar a Laura mucho más de cerca para protegerla.

Pararon en un semáforo que estaba al lado de una empresa de alquiler de vehículos y fue entonces cuando Héctor no pudo evitar que sus ojos se posaran en una fila de furgonetas blancas que se encontraban alineadas en uno de los aparcamientos que tenía esa empresa. Lo comprendió, de golpe, dejando por ello escapar un grito que provocó que Lorena pegara un salto en el asiento del copiloto.

—¿Qué te pasa? —preguntó ella sobresaltada.

—¿No te das cuenta? —le dijo Héctor señalándole la empresa de alquiler de coches.

La entrenadora giró la cabeza y se quedó mirando los coches y furgonetas, pero la volvió de nuevo hacia él con un gesto claro de no entender lo que quería decir.

—¡Coches blancos, Lorena! El coche que atropelló a Ruth podría haber sido alquilado. Tiene toda la lógica del mundo. ¿Quién iba a utilizar su propio coche para hacer algo así, exponiéndose a testigos que pudieran describirlo? Esté o no Ruth implicada en todo esto, quien la atropelló y le rompió la pierna lo hizo conduciendo un coche alquilado. Debió de ir a por el más barato o a por el modelo más sencillo y común y de ahí el color blanco.

Lorena puso una cara de júbilo cuando comprendió lo que Héctor le explicaba, si bien no tardó en torcer el gesto.

—Pues, como eso sea así, olvídate de encontrar algo sólido. Con la de empresas que debe de haber en la ciudad, saber quiénes alquilaron coches blancos en el momento en que atropellaron a Ruth nos va a dar una lista interminable de nombres. Y eso siempre y cuando quien lo conducía lo alquilara en la ciudad, que bien pudo haberlo hecho en algún pueblo para despistar y confundir a quien pudiera seguirle la pista.

Héctor resopló. Sabía que ella tenía razón y que todo aquello no hacía más que complicarse por momentos.

—Uf, tienes toda la razón. Pues olvídate de que podamos averiguar algo porque, claro, no vamos a recorrernos todas las empresas de alquiler de la ciudad con la comedia del detective. No acabaríamos en la vida y no nos dirían nada, porque la suerte que hemos tenido con Vanessa en la compañía de seguros no la vamos a volver a tener ni de lejos.

Lorena sonrió de repente con malicia, como si se hubiera acordado de algo.

—A no ser... —empezó a decir.

—¿Qué?

—Que yo también tenga mis propios recursos.

El último descubrimiento

El recurso que se le ocurrió a Lorena en aquel momento se llamaba Denzel y era un chico a quien había conocido una noche de fiesta con sus amigas y que trabajaba en la policía.

—A ver, yo también tengo mis amigos —le explicó a Héctor entre risas al ver la cara que este ponía—. Además, no te quejes porque yo no me creo que Vanessa y tú fuerais simples compañeros de clase.

Ahora fue él el que se echó a reír.

—¡Lo sabía! No me engañas, guapito —le soltó Lorena, golpeándole cariñosamente en un brazo.

—Sí, pero no empezamos a salir hasta tercer curso. Te juro que en primero te echaba tanto de menos que no quería estar con nadie que no fueras tú.

—Ohhhhh, ¡qué bonito! —exclamó la chica, burlándose pero sabiendo al mismo tiempo que lo decía de verdad y recordando que a ella le había pasado lo mismo.

—Lorena, pero entonces... ¿por qué teniendo a un conocido en la policía me contaste a mí lo de Ruth y no se lo dijiste a él?

—Héctor, porque ni me acordé de que él existía. Desde que te vi en el polideportivo la otra noche no he pensado en nada ni en nadie más. Estoy viviendo en una nube... rara, pero una nube.

Él detuvo el coche y le dio de nuevo un prolongado beso.

—¿Qué vamos a hacer ahora?

—Se lo contamos a Denzel y segurísimo que en nada saca una lista de qué personas tenían alquilados coches blancos en el momento en el que atropellaron a Ruth —propuso ella, absolutamente convencida.

—¿No te pondrá ningún problema?

—Va a actuar igual que Vanessa, ya lo verás. Si se lo pido yo no va a poner ningún problema y segurísimo que encontramos algún nombre conocido que nos permita aclarar todo esto de una vez. Entretanto y ya que estamos, se me ocurre que tú podrías hacer otra cosa.

Héctor enarcó las cejas, haciéndose el interesante.

—¿Un poco de pasión?

—No exactamente.

Héctor hizo lo que Lorena le pidió, preguntándose una y otra vez cómo no se le había ocurrido antes y, cuando lo hizo, las piezas encajaron por sí solas, lo que facilitó enormemente el trabajo del tal Denzel.

—Actuemos ya, no tiene sentido que dejemos pasar más tiempo —sentenció el corpulento policía.

Poniéndose rápidamente en acción y permitiendo que Héctor y Lorena les acompañaran, nada más entrar en la habitación 317 sus ojos se posaron en Ruth, quien seguía igual que el día en que la habían visitado, si bien en esta ocasión se encontraba acompañada por un chico también de complexión robusta. La sorpresa se reflejó en su rostro cuando vio aparecer a todo aquel grupo de personas.

Denzel no se anduvo con rodeos.

—¿Eres Michael Coleman?

El aludido no respondió. Tensó los músculos y se los quedó mirando con una actitud chulesca. De nada le sirvió, puesto que apenas un par de minutos después salió por la puerta esposado y escoltado en dirección al coche policial.

No hizo falta presionarlo más de la cuenta. Aquella misma tarde lo confesó todo, sin guardarse ningún detalle. Aunque llevaba varios años de relación con Ruth y habían incluso hablado de casarse, su novio no era más que alguien que, al mismo tiempo, tenía varias aventuras con otras mujeres.

Cuando se enteró de que su novia «valía» 20.000 euros si se lesionaba de gravedad, aquel cínico no había tenido ni la menor duda. Sabiendo que era algo que no podía hacer con su coche si no quería correr el enorme riesgo de que Ruth lo reconociera, se fue a una empresa, alquiló un coche blanco que creía que nadie rastrearía nunca —«un simple conductor que se dio a la fuga», dirían todos—, atropelló a su novia para apartarla de las canchas y, tras esto, no hizo otra cosa más que mantener su farsa de novio cariñoso a la espera de que ella reclamara el dinero de la póliza del seguro.

—Dinero —le comentó Héctor a Lorena aquella misma noche— que seguramente le habría robado antes de desaparecer. Debo reconocer que, aunque fui yo el que caí en la cuenta de que el coche que utilizó el agresor quizá podía ser blanco por ser alquilado, el mérito de que mirara los datos bancarios de Ruth hay que dártelo a ti.

—¡Claro! Es que todo el rato estábamos pensando en un plan muy elaborado, en que el presidente podía ser el que estuviera detrás de todo, en que a lo mejor Ruth había provocado su propio atropello y no sé qué más complots y resulta que todo era mucho más sencillo. Bastaba con mirar quién podía acceder al dinero de Ruth cuando cobrara el dinero del seguro —añadió Lorena.

—¡Una cuenta conjunta con su novio! ¡Vaya banquero de mierda que estoy hecho! Nosotros recorriendo mil sitios, metiéndonos en la boca del lobo y haciéndonos pasar por detectives cuando era tan sencillo como que yo mirara eso en el ordenador de mi oficina.

—A ver, a mí se me ocurrió de repente. Tampoco sabía si ibas a poder hacerlo si Ruth no es clienta de tu banco.

—No lo es, pero se puede hacer. Todos los bancos estamos conectados, hay bases de datos comunes que utilizamos todos y, si no, siempre te queda además el viejo recurso de la llamada telefónica. La gente no lo sabe, pero siempre nos intercambiamos esa información entre nosotros... por ejemplo antes de conceder un préstamo o una hipoteca. Es muy habitual y ya te digo que, aunque Ruth tiene la cuenta en otro banco, no me costó nada que me confirmaran que la tenía conjunta con su novio.

—Menos mal que, cuando te enteraste de eso, ya pudimos acudir ante Denzel con un nombre...y ya te digo que sabía que nos ayudaría sin dudarlo. El caso es —se echó a reír Lorena de repente— que, en realidad, ya sabíamos su nombre, puesto que Ruth nos lo dijo cuando nos comentó que se había ido a comer.

Héctor recordó que, efectivamente, había sido así.

—Ya, claro, pero nadie habría sospechado de él en aquel momento. ¿Quién podía pensar que Ruth pudiera estar con semejante monstruo? Tuvimos suerte de que estuviera en el hospital cuando fuimos para allá con la policía.

Lorena se quedó pensando.

—Bueno, era normal que estuviera allí. Hasta que a Ruth no le ingresaran el dinero, él tenía que seguir desempeñando el papel del novio atento y súper cariñoso. Ya fuimos la primera vez y no estaba, aunque era la hora de comer. Si esta tarde no hubiera estado por segunda vez, no sé, yo creo que eso habría llamado la atención.

Héctor le selló los labios con un beso.

—Oye, además de una entrenadora que está cañón, veo que eres una magnífica detective... porque, siendo sinceros, la verdad es que el caso lo has resuelto tú.

Ella se echó a reír, como tantas y tantas veces había hecho aquella semana y como, al igual, tenía intención de seguir haciendo durante mucho y mucho tiempo.

Don't miss out!

Visit the website below and you can sign up to receive emails whenever Frank Pumet publishes a new book. There's no charge and no obligation.

https://books2read.com/r/B-A-ASSQB-LIKUE

BOOKS 2 READ

Connecting independent readers to independent writers.

Also by Frank Pumet

Vanesa
Más allá de la cancha